ANGÉLICA
LA REALIDAD DE UNA HISTORIA

MARCO ANTONIO RIVERA

librerío

Primera edición, diciembre del 2023.
ISBN: 9798871171653

© Marco Antonio Rivera
© Todos los derechos reservados.
© Librerío editores
www.librerioeditores.com.mx

Queda prohibida toda la reproducción total, parcial o cualquier forma de plagio de esta obra sin previo consentimiento por escrito del autor o editor, caso contrario será sancionado conforme a la ley de derechos de autor.

*A Papá Grande, gracias por los dones
y por todo lo que me das.*

*A mi familia toda, con profundo cariño.
Gracias por aguantar y entenderme.*

*A mi libertad de hacer lo que hago. Eso va
por encima de todo, no me puedo morir en vida.*

*A Don Eligio Coronado (QEPD).
Siempre será un tributo para él lo que yo haga;
sin él no sería lo que soy; fue claro en su consejo
"No dejes de escribir" Por eso vive en mí.*

*A Maricela Gámez Elizondo,
maestra de maestras, persona invaluable a través
de su conocimiento sobre las letras,
don que pocos poseemos,
coparticipe de esta aventura, Gracias.*

*Gracias a esta pila que vive en mí
y que alimenta esta pluma. Que no muera.*

A todos ¡Gracias!

TABLA DE CONTENIDO

I. EL SUSTRATO……………………………..…11
II. LA SEMILLA………………………………....19
III. EL EMBRIÓN…………………………….…25
IV. EL TALLO, CRECIENDO…………………31
V. LA HIEDRA ENREDÁNDOSE……………...37
VI. LA FLOR……………………………………47
VII. EL JARDINERO…………………………...51
VIII. EL PETALO EN HUIDA LIBRE……………53
IX. LA OTRA SEMILLA………………………65
X. LA VERDADERA VERDAD………………69
XI. EL ABONO…………………………………71

SEMBLANZA DEL AUTOR

Marco Antonio Rivera Pérez, nacido en Tampico Tamaulipas, radica en Montemorelos Nuevo León. 66 años de edad, Ingeniero Agrónomo, egresado de la Facultad de Agronomía de la UANL autor de los libros "Trocitos de Luz", "Cajita de Pandora" "Ranulfo, una segunda oportunidad" y "Semillas" (Mención honorifica en el Premio Literario Internacional de Poesía convocada por la Editora El Parlamento de las Aves). Mención Honorifica en el primer concurso Estatal en Nuevo León de cuentos de terror Juan Francisco Benítez 2023, publicado en el ojodehuk.com. Ha participado en las antologías: "Breve Relato De Un Hermoso Apocalipsis, Antología de cuentos de ciencia ficción 2002" "Entre Azares y Naranjos, Primer antología de la región citrícola 2023", "Locos Contadores de Historias, Antología poética y Narrativa, Tercer encuentro internacional de escritorios Cadereyta 2023" y "Cuentos de Terror Primer concurso estatal -Juan Francisco Benítez Pérez-2023" Trabaja como asesor agropecuario y es Representante Legal del despacho de asesoría: Impulsora Ganadera Agrícola y Rural S.A. de C.V.

PRÓLOGO

Marco Antonio Rivera, escritor y poeta incansable, quien como él mismo dice "Escribo como loco", queriendo decir frenéticamente, con ideas que le vienen a la mente y no las deja pasar sin plasmarlas en algún nuevo relato o en un poema sorprendente. Todos desearíamos contagiarnos de esa locura.

En el presente libro, Marco Antonio nos participa las vidas paralelas de varios personajes sin juzgarlos. Los únicos juicios emitidos son a título personal, como basamento para las historias que está contando el narrador omnisciente al que a su vez le fueron compartidas por otros narradores.

Aunque parecieran historias desconectadas, éstas se entrelazan por una circunstancia común: son seres normales, como todas las personas con las que a diario se comparten las calles en el deambular cotidiano, o mientras se forman las largas filas en los Bancos o en cualquier institución gubernamental.

La otra circunstancia que unifica estas historias tan separadas, es que tienen como campo de desarrollo el mapa de nuestro país, con sus diversos ambientes y oportunidades de vida: el rancho de tierra blanca y seca, y la colmena humana que se mueve en las grandes ciudades, con sus prisas por llegar, más lejos o más alto en la pirámide humana. Nadie escoge su lugar de nacimiento. El Chilango no puede cambiar su identidad nacional, como tampoco puede cambiarla Angélica, y eso hermana a los dos protagonistas de las historias. Marco dedica buenos párrafos a describir a Jorgito, un chilango que logra conjuntar un equipo de futbol con los trabajadores de una planta, y lo hace con respeto y admiración. "De aquí mi reconocimiento para estas personas". (Capítulo 1. El sustrato).

Marco Antonio arropa con su discurso la individualidad de cada uno de sus personajes. Los sustrae de la invisibilidad y el lugar común, y les otorga con sus palabras una luz propia, logrando así que su destello construya en el lector una simpatía por los personajes, y se logre asimismo percibir su valor como seres humanos y sus aportaciones como ejemplos a la sociedad, con todo y sus orígenes humildes.

La historia de Angélica es un relato de la vida real, contado al autor por la misma protagonista. No es una historia de moraleja, sino de reflexión y ejemplo de cómo una mujer va pavimentando su camino con decisiones a veces buenas, y muchas veces equivocadas. Pero nadie puede decir de alguien que "Tomó una mala decisión" porque las decisiones son siempre buenas en el momento de tomarlas, y son las consecuencias las que pueden ser afortunadas o funestas.

En Angélica se alojan dos elementos, igualmente importantes tanto para triunfar en la vida, como para caer en un pozo profundo si no se manejan con reserva: la inteligencia y la ambición. Esa ambición de triunfo, de poder económico, de sobresalir en un grupo heterogéneo, además de la belleza que en Angélica se vuelve su primera aliada para desplegar las alas y querer volar a cielos más altos para lograr algún propósito. La vida y el tiempo le ayudan a valorar cada decisión para corregir el rumbo y volver a tener paz y tranquilidad.

El lenguaje de Marco Antonio como narrador en esta novela es tan *sui genéris* como en sus otras novelas. Apegado a la sencillez para que el lector siga con facilidad su escrito, recurre a los vocablos comprensibles para cualquier lector, a cualquier nivel; lenguaje del habla común, el albur, la invención de neologismos "*corvivio (porque durante la fiesta prácticamente se la pasó libando y comiendo de gorrión)*. Sin embargo, no se puede dejar de lado su vena poética con la que nos regala joyas de imágenes sorprendentes. Al iniciar la novela, declara con la mayor seguridad de ser comprendido: "*Esta historia es tan común, tan común, que todos se hacen de la vista sorda para no escuchar lo que los ojos ven*" Capítulo 1 El sustrato.

Pero Marco Antonio no permite que nadie se haga de la vista sorda. Sus manifiestos personales sobre la impunidad, la indiferencia de los gobiernos ante casos de corrupción y violencia deben leerse con detenimiento. Los problemas del tan grave tráfico de personas tienen una denuncia contundente en las palabras de Marco Antonio.

Quiero destacar la gran vocación de Marco Antonio Rivera como amoroso de la tierra, la de siembra, la que florece, la que nos da sustento. Los capítulos del libro llevan por título cada etapa del proceso de formación de una planta, que pueden corresponder igualmente a las etapas de la vida de Angélica: El sustrato, La semilla, El embrión, El tallo creciendo, La hiedra enredándose, La floración, El jardinero, El pétalo en huida libre, La otra semilla, La verdadera verdad, El abono.

Me satisface enormemente haber compartido con Marco Antonio Rivera este libro estupendo. Espero que el lector lo encuentre tan gratificante e instructivo como lo encuentro yo.

Maricela gamez Elizondo
Noviembre, 2023

I.
EL SUSTRATO

Esta historia es tan común, tan común, que todos se hacen de la vista sorda para no escuchar lo que los ojos ven; lo hacen para no entender por qué las cosas suceden y por qué se seguirán sucediendo sin que nada suceda para que no sucedan. La gente sigue tan igual, cada quien con su cada cual; las problemáticas individuales son tan intensas, viviendo siempre rodeadas de mil aristas.

Cuando las cosas no salen del todo bien, difícilmente encuentras quien se levante para decir: "Era mi responsabilidad, es mi culpa, qué voy a hacer para que no suceda". No. Ahí tenemos al sistema en el que vivimos, siempre con su sombra como pozo profundo y sin fondo para tratar de llenarlo de todas las culpas; sin embargo, no comprendemos que cualquier acción que emprendamos cada quien, con lo que tengamos a la mano, puede ser de gran valor. Por lo pronto, sigamos en el sistema del consumismo, queriendo ser quien no eres o tener lo que no tienes, lo que finalmente te lleva al "con-su-mismo" (con su mismo vestido, con su mismo pantalón, con su mismo destino, con sus mismos problemas); pero aquí, los mismos sueños te llevan a diferentes salidas, unas tan riesgosas, otras tan fuera de la razón, otras metódicas e inteligentes, aunque estas últimas se dan si —y sólo si— la vorágine de la vida lo permite.

"Mata a un Chilango y harás patria" Una de las frases más estúpidas, injustificables y sin razón de ser.

El origen del término está de por sí increíblemente enriquecido por sus raíces veracruzanas y mayas. Que si surgió del náhuatl o del maya, que si viene de la combinación de chile y chango o de huachinango, que si es un término ofensivo... Hay múltiples versiones que explican cuál es el posible origen de "chilango(a)", una de las palabras que más se usan en la actualidad para hablar de las personas que son habitantes de la Ciudad de México. La razón descriptiva de personas con pelos parados y desgreñados, se pierde y se desliga de aquéllos a quienes hoy en día se les aplica. A este grupo de personas se le ubica en la capital del país, aunque, para sorpresa, el hecho de vivir en el Distrito Federal o D.F. arroja supuestas diferencias entre capitalinos, defeños y chilangos. Entonces, para efectos de cultura, los identificamos por su forma de hablar cantaleteado. Algunos los consideran altaneros, prepotentes, traicioneros, faltos de palabra, mala leche y aprovechados, mientras hay quienes los consideran habilidosos, asertivos, propositivos y creativos. Lo que sí es envidiable es el constituir toda una cultura urbana. Mire: hasta tienen su propio país, Chilangolandia, y tienen su propio modo de ser: achilangado, psss, va ¿no?

Lo cierto, o más bien, la teoría indica que tener que despertar día a día, viviendo en la sexta ciudad conurbada más poblada del planeta, ya de por sí es difícil. Las oportunidades de sobresalir se tornan aún más competitivas. Lo anterior te lleva inconscientemente a ver la forma de sobrevivir entre esa jungla de cemento, entre tantos millones de conciudadanos quienes se despiertan a diario para utilizar sus mejores armas y estrategias para regresar a casa sanos y salvos. Basta con imaginarse la tensión y el estrés que puede causar levantarse a las 4 ó 5 de la mañana e iniciar toda una pesadilla para llegar a tu trabajo, sin más tiempo que el de echarte una concha con café o un bolillo relleno de un tamal; salir a enfrentar depredadores, hambrientos de quitarte lo que con tanto esfuerzo te ganas; perder hasta seis horas en movilidad tratando de regresar a casa y, para colmo, al llegar te vas sobre la tv para el desestrese, pero nada, es solamente otra forma de quitarte la idea, la inventiva, el desarrollo de habilidades. Estas situaciones te llevan a querer ejercer sobre otros, ventajas competitivas a costa de lo que sea, como quien busca respirar entre una marea brava. Si no desarrollas habilidades, te mueres; si no te superas, te comen, y si no te pones buzo, te despelucan y te hacen confeti. De aquí mi reconocimiento para estas personas.

Recuerdo muy bien que uno de mis tíos mencionaba a dos personajes oriundos de Chilangolandia. Acerca de uno de ellos, me contó: "Jorgito llegó a trabajar a una provincia al norte del país. Se trataba de un centro de investigación agrícola en el que sus trabajadores sólo sabían de llegar con su lonchera habitada por su frasco de café negro, sus taquitos de harina con frijol "o con huevo flaco", como decía su entrañable amigo Porfirio, que en paz descanse. Sabían de azadones, de palas, de picos, de botas de riego y de sifones o pipas para regar; sabían de días asoleados, con el sudor en la frente, en el cuerpo y en todas sus partecitas, nobles o no. Pues este tipo, Jorgito, de manera increíble armó un equipo de futbol con todas esas gentes que de deporte no sabían nada, que entrenaban con zapatos de trabajo y levantaban una polvareda; partidos donde las patadas sí eran patadas y no había espinilleras ni tacos aerodinámicos para correr ligeros. Al inicio así fue: un correr tras el balón de manera irracional, perseguido por todo el grupo y Jorgito todo temeroso de no poder sobrevivir de manera honrosa.

Pues sí, Jorgito de manera increíble les enseñó a cada uno las funciones de cada puesto: el delantero corre sin balón, jala la marca, corre como gamo, cede el balón, sacrifica, baja cuando hay peligro y ayuda a la defensa en la marca dos a uno y sorprende con tiros inesperados, de media y larga distancia, amén de un *dribling* privilegiado. El defensa es rudo por naturaleza, sin miedo para los tapones, lee los recorridos, asiste, aguanta, no importa si le dan con el balón en plena cara, detiene la bola con cualquiera de sus extremidades menos con las manos, y finge inocencia levantado sus dos manos cuando infringe alguna regla o patea a su rival.

El portero entrena aparte, aguanta presión, no se vence, nunca cierra los ojos, nunca escupe el balón hacia el centro, reconoce tanto el área grande como el área chica; cuida bien sus manos de los fatales esguinces y en los penaltis intimida al rival, le bailotea, lo desconcentra y lo más importante, nunca pierde de vista el balón ni su probable trayectoria.

Al árbitro se le engaña de esta manera, así o asá: se le presiona para que saque tarjetas a los rivales, aunque sean por faltas inexistentes, se hace tiempo deliberadamente, te revuelcas en el piso, aunque sólo te hayan rozado, se comete faul sin que se note.

Para no hacerla larga, el equipo fue campeón de una pseudoliga de fut local para sorpresa de todos.

¿Gracias a quién? A Jorgito el Chilango. Igual, nadie se lo agradeció, nadie lo cargó en hombros ni le vació un balde de agua de la hielera"

Mi tío se divertía contándome estas historias: "Conocí a otro personaje igual, súper hiperactivo, aunque suene a redundancia. Trabajaba en un invernadero y hacia almácigos para producir plántulas de diversas hortalizas, trabajo que aprendió a dominar en poco tiempo. Desde la primera semana que empezó a trabajar comenzó a rifar objetos que le daban ingresos extras. Rifaba navajas multiusos, telas para cortinas, lo que se le ocurriera. Una vez rifó 500 blocks de cemento para construcción y al preguntarle quién había sido el ganador, de verdad te daba risa en vez de coraje porque nos cantaletaba: ¡Ése, she los shacó una doña de Acapulco!". No manches, 'che chilango.

Esa tierra en el centro del país no es la única en este caleidoscopio mexicano lleno de contrastes. Hay regiones en donde las condiciones tal vez no sean del tipo estresante; sin embargo, son mucho más duras para sus pobladores quienes prácticamente se dedican a sobrevivir de la mejor manera que pueden. Las condiciones climáticas, edafológicas[1] y orográficas endurecen las condiciones de vida, así como a los rostros de sus pobladores, de los adultos, de los mayores y de los niños también; gente de manos callosas y de mirada dura que no ocupa lenguaje hablado para saber que ahí pasa algo. Aparte de luchar contra estas condiciones, han pasado su existencia por

---

1 La edafología es la disciplina científica que estudia la naturaleza y las características del suelo en su vínculo con las especies vegetales.

demás desatendidos y víctimas de la indiferencia de los gobiernos en turno y de turno en turno. De esos gobiernos faltos de educación, ética y moral, ¿qué pueden esperar estos compatriotas nuestros? Patria mal herida, haciendo sin querer lo que don Goyo, nuestro emblemático Popocatépetl, llenándose de presión y lava esperando el momento de explotar; por el momento sólo emiten fumarolas productoras de cenizas advirtiendo a todos que ahí están.

En otras regiones de nuestro país, estas situaciones se suavizan sin dejar de ser difíciles; las condiciones adversas limitan a los habitantes para lograr, aunque sea una leve mejoría en su vida; están en el rudo ruedo lidiando con el toro, sin poder levantar la vista para darse cuenta de que existen otras oportunidades u otros horizontes. Pero de vez en cuando, lejos de los límites de aquellos poblados miserables, se pueden vislumbrar áreas de oportunidad que son un sueño tentador para ser aprovechadas en satisfacer las crecientes necesidades de los jóvenes; los medios de comunicación son las ilusorias vitrinas de una pastelería que los ávidos ojos de todos quisieran traspasar y comerse a puños los pasteles. Los espejitos resplandecientes son hipnóticos: verte en el espejo de esa gente de plástico o de cartón, aparentando lo que no tienen, conviviendo con marcas piratas: relojes, bisutería, zapatos, tenis, vestidos y jeans, la pizza, las alitas, el *wifi*, el antro y todo lo que se oculta detrás de aquel engañoso espejo.

Nada que ver con alcanzar el sueño norteamericano, pero sí con el sueño citadino de cualquier gran urbe mexicana: ir a la ciudad más cercana y tratar de tener y tener, unos la vida soñada, otros una carrera educativa que les permita conseguir un trabajo digno y poder volver a sus comunidades con otro estatus. Algunos lo logran, otros se quedan en el camino. El lado oscuro de este sueño es que en ocasiones se convierte en tragos amargos y tristes pesadillas, a veces trágicas y de oscuras experiencias dignas de contarse para crear conciencia o dar ejemplo de lo que puede ser la elección de un mal camino para obtener falsos logros.

II.
LA SEMILLA

Angélica vivía en una de estas regiones con necesidades, faltas de oportunidad, un lugar más en este mosaico de dificultades para poder sobresalir. Ahí, Angélica disfrutaba feliz de su niñez como la viven muchos niños sin saber si el dólar sube o baja, si hay gasolinazos o no, si ganó un partido político o el mismo, si diputados y senadores levantan el dedo o se hinchan de propiedades, si se extinguen las ballenas, si engordaron los animales o les pegó la seca haciéndoles lucir nuevamente las marimbas de sus costillas; si se heló el maíz o dio elotes, si hubo para frijoles o panecitos duros para la cena. En ese mundo de altibajos, las condiciones adversas, al igual que un chanclazo por "portarse mal" para los niños o para nuestros amados perros, la rápida nube del olvido es la que los hace despertar de nuevo, caerse y levantarse siempre con una sonrisa.

El entorno en el que Angélica se movía era el reflejo de una de estas comunidades en donde reinaba el polvo y las tolvaneras, tierra blanca reseca, de ésa que es terca y se te adhiere a los pantalones y a los zapatos; tierra que endurece los cabellos, los labios y la ropa tendida sobre los alambres de púas; donde los amantes se diluyen entre las sombras de las nopaleras y donde a veces se pierden causando los murmullos de las gentes del rancho; ahí donde un periódico sería un fatal fracaso ya que la información se mueve al mil y con versiones añadidas. Allá donde las llanuras se vuelven largas con sus nopaleras amarillas al florear, justo en abril, cuando inicia la seca; donde las palmas lucen orgullosas sus "chochas" —los hermosos racimos de flores blancas— como presintiendo que el ambiente pronto olerá a Semana Santa y a deliciosa capirotada de piloncillo, pasas, plátano, queso y pan bolillo. Las bugambilias multicolores también le entran al deleite visual mientras que las anacahuitas viven vistiéndose con elegantes trajes de novias inocentes. Esas llanuras con sus rojos atardeceres, eran cromos inolvidables en la memoria de Angélica.

A la muchachita le salía lo machetona subiéndose a los huizaches, sorrajándose la cabeza, cayendo de los columpios de llanta, corriendo entre las piedras, sin acordarse de que, al volver, su madre, como siempre, le recriminaría todo lo que no le parecía. "¿Y qué? —Pensaba— "si al fin y al cabo mi madre no me negaría aquel taco de frijoles bayos con tortilla de harina recién hecha. Sabía que me quedaría dormida sobre la silla por el cansancio y que mamá me tomaría entre sus brazos para hacerme llegar a la cama, buscándome un lugarcito entre mis hermanos, y que el siguiente día me esperaba con la misma historia".

Era la más pequeña y sus hermanas vivían en un mundo diferente, mas no le importaba; como quiera, nadie le ganaba al jugar a las canicas, al trompo y a la rayuela, mucho menos a las trompadas cuando se revolcaba con las y los demás, "A ella no le importaba el género", tratando de dirimir estúpidas diferencias. "Cosas de niños", decía su padre cuando las separaba, repartiendo nalgadas y jaladas de chongos cuando la situación era más difícil, aunque la verdadera conciliación se llevaba entre ellas y ellos con maliciosas miradas; ahora el enemigo, claro, era su padre por meter el orden.

Pero para sus padres, las hermanas vivían bajo el arraigo de niña: "Niña eres, niña te quedas", por lo que Angélica era obligada a usar sus faldas largas con mucho vuelo, los vestidos adornados con estrellas de gran tamaño, y con calcetas blancas de olanes casi rozándole las rodillas; ya no se diga el peinado con las trenzas jalando las sienes hacia la nuca hasta quedar con los ojos estirados como japonesita, o con su diadema azul con estrellas, también grandes, controlándole el cabello que de manera natural caía cual negra cascada con terminaciones de grandes bucles que le llegaban a la cintura. Mas ¿Cómo revertir estas órdenes tan frustrantes, si le encantaba andar con el pelo suelto, con sus pantalones de mezclilla, camisas a cuadros amarradas a la altura del ombligo y su sombrero? El gusto por los caballos imperdible: montarlos al pelo e hincarles las costillas con los tacones de las botas, atizarles los cuartos traseros con la cuartilla hasta hacerlos correr entre los terrones. No había entonces otro mundo mejor que ése.

Algunas veces acompañaba a sus padres a la ciudad: tomaban el camión de las siete y regresaban en el de las cuatro; viajes tediosos a bordo del autobús tipo pollero que iba rancheando, subiendo y bajando pasaje a más no poder; era definitivo que tenías que llevar tu lonche para subsistir al ataque del hambre sin gastar en algún restaurante. Al llegar a la ciudad a Angélica se le desorbitaban los ojos (tal vez por eso se le desarrollaron un poco de más de lo normal, sin embargo, con la llegada de más edad y del uso de pestañas postizas se convertirían en un par de ojos hermosos y castigadores). A la vista de tantas novedades y cosas desconocidas, se iniciaban los sueños de esa niña pizpireta, rebelde y socarrona; había algo que llamaba su atención como un imán natural y poderoso: el llamado del instinto, la curiosidad femenina, las ganas de crecer y de tener bienestar, la comodidad, la buena ropa, la buena bebida, el olor a glamour y el deseo de huir de un ambiente que pensaba que no era el de ella. Sus padres se decían: "Esta niña no piensa que nació en el lugar equivocado, le gusta todo lo bueno".

Hermana de dos hermanas más y otros tres hermanos, para sus padres era difícil el reto de sacarlos adelante, sobre todo cuando la seca hacía que el hato de vaquitas se encogiera; los precios del ganado se caían y aun así el viejo no perdía la esperanza; salía con el alba a chamuscar nopal para alimentar a los animales y llevar agua al potrero poniendo el mejor de sus esfuerzos. Ya un poco más crecidita, ella lo sabía, se daba cuenta y valoraba el que, no obstante, todas las limitaciones que enfrentaban, aquellos buenos padres procuraron darles estudio que no todos los hijos aprovecharon o no quisieron aprovechar.

La estrechez económica la mitigaban con el amor y con el empeño que ponían enviando las mesadas para alimentar las aventuras y sueños de sus críos, con el deseo de verlos crecer y de que fueran "alguien". No todos lo entendieron de esta manera. Angélica, fuera como fuera su carácter, no dudó en aprovechar cualquier oportunidad cuando la tenía en sus manos.

Un día, un buen día o un mal día —nadie lo evaluó— llegó para ella el momento de dejar la escuela primaria y luego la secundaria rural; llegó el tan ansiado momento de sacudirse el polvo de los vestidos y de las mochilas, de olvidarse de los duros mesa bancos de madera compartidos con sus compañeros de clase, dejar ahí los cabellos endurecidos por los terregales, pero sobre todo, dejar ahí el repetido susurro del angelito postrado sobre su hombro derecho: "No te vayas ¿Quién verá a tus padres y a tu abuelita? Los centavos no alcanzarán, considera el esfuerzo de tus padres". Mientras el diablillo sobre su hombro izquierdo susurraba más fuerte: "Ya vámonos por la grande, a disfrutar la vida, aquí no hay nada que hacer, imagínate libre de los yugos; al fin y al cabo, centavos te tienen que mandar y los podrás gastar sin preguntar en qué". El reto había comenzado: la cruda realidad, desconocida hasta entonces, estaba muy cerca de aparecer, de manifestarse antes de comérsela y hacerla suya; no tardaría en inundarle los sentidos, los poros, la piel y el instinto de niña a mujer. Así comprendería que la vida sería la historia de una realidad y no la realidad de una historia.

III.
EL EMBRIÓN

Como periscopio de submarino cerca de la costa, como el embrión disfrazado de cotiledón, asomándose entre la tierra aún con humedad, con un enjambre de miedos zumbándole en la cabeza, así asomaba Angélica sus ojos a esta nueva etapa de su vida. No dejaba de darse valor ella misma: mudarse con un poco de ropa, la cual llevaba en un tambo pequeño de cartón con tapa y cerradura de gancho —ése era su Samsonite— para vivir en una casa diferente a la propia siempre será un problema, aun cuando iba a estar a sólo 100 kilómetros de su hogar, Retumbaba en su mente, como enjambre que pulula: "El arrimado y el muerto a los tres días apestan". Aunque era la casa de su tía lejana, no se puede sentir lo mismo; te podrán querer mucho, pero en casa ajena las normas se respetan y se tragan los orgullos; ya no es lo mismo, sin poder dejar la ropa regada por doquier, sin poder comer lo que te gusta y comiendo lo que haya; hay que mantener la cama tendida y respetar, las horas de salida, las horas de llegada; así fue para Angélica el primer impacto en casa de sus tíos.

Ahí inició sus estudios en la única preparatoria que había en la cabecera del municipio, un hermoso lugar pueblerino enclavado entre las montañas, con sus subidas y sus bajadas empedradas, el calorcito por el día y el fresquecito por la noche. Así empezó a extrañar el polvo del rancho en aquel pueblo colorido que, aunque no dejaba de ser aburrido, tenía más posibilidades de desarrollo y diversión que en la comunidad dejada atrás: la tele, el internet, la plaza concurrida, calles nuevas, casas nuevas, el acceso a libertades con las amigas y con los amigos; nuevos miedos, nuevas inquietudes, nuevas dudas. ¡Bendita adolescencia!

Al fin, se le presentaba el inicio de la aventura para saltar con éxito las vallas que cada semestre le imponía. El microambiente del aula de clases, el típico cinco por cuatro, con bancos y un escritorio y un pizarrón al frente, la curiosidad por conocer y entender a cada maestro y, del otro lado, a conocer a los nuevos compañeritos de clases, algunos de estos tan engreídos y creídos hijos de Juan Camaney y de María Súper Pura: inalcanzables, "naices" algunos hijos de papi a los cuales nada de lo que tienen les ha costado: ni dinero, ni esfuerzo; "Hijos de un mal dormir" como dice el dicho; otros más con sus limitaciones económicas pero con altos valores de honestidad e humildad. En fin, que en aquel micro universo había de todo. Dentro de la jaula, los clásicos grupitos: los *nerds*, los cerebritos sabelotodo, los populares, los cholos rebeldes, los inteligentes y como siempre los tarados (¿Cuántos hijos tienes? Tengo doce ¡Doce, doce! ¿Vivos? Pues unos vivos y otros mensos, pero todos comen). Ya en el ruedo, todos sobre "la nueva" con su recatada inocencia del rancho, su círculo arraigado de escuela social, amén de no tener el "status" exigido para formar parte del círculo cerrado de los que no tienen que sacrificar nada; la misma condición para el estudiante foráneo: la estrecha economía; toda una amalgama de personajes y caracteres que enfrentar en esas aulas de 5 x 4 en las que tenía que caber toda esta mezcla de situaciones donde todo era nuevo para Angélica: la inocencia entre los colmillos de la maldad.

No sólo fueron los libros, los cuadernos y las tareas a los que había que dedicar tiempo y atención; fue todo un aprendizaje: desde la manera de comportarse, la manera de andar a la defensiva, la curiosidad sexual que le despertaban sus compañeros. El uso de faldas cortas empezaba a ser excitante en este nuevo modo de vida. Los piropos empezaron a atacar sus oídos y le empezaron a mover el tapete; nació el ego, el contoneo de caderas y la llegada del instinto para transformarse de niña a mujer. Julio Iglesias tenía razón.

Para empezar, a hacer migas con la jauría. Le tocó identificar al líder, Rodrigo, que era el típico rebelde del salón, el más popular; Angélica, la chica inteligente con calificaciones de 9 a 10, vio la oportunidad perfecta para ingresar al círculo social de más popularidad y se ofreció voluntariamente a asesorarlo para que tuviera buenas calificaciones para lograr así filtrarse ella en un círculo de respeto; era obvio, ahora tenía quien la defendiera de las fieras y al decir fieras sí, me refiero a sus compañeras de clases. No hay peor enemigo que alguien de tu mismo género, y ellas mismas lo dicen: "Nos podemos hacer pedazos, pero nunca nos haremos daño". Esta hegemonía se extendió y fortaleció cuando Rodrigo le confesó que le gustaba una chica del salón. Angélica, ya con la malicia desatada, se la encarriló poniéndosela en sus manos. Un favor de ésos no se olvida jamás.

El noviazgo no podía estar ausente. La hormona, ya cuando arranca, difícilmente puede parar; la pubertad avanzada era evidente, los pálpitos no se podían ocultar, así que Urbano Casimiro fue el conejillo de Indias para probar las mieles de un beso y los primeros tocamientos de cuerpo. La verdad, este chico tenía un físico hermoso, de buen ver; de buenas maneras, lo único que lo pasaba a perjudicar era su "lindo" nombre; en realidad sus padres se la habían bañado haciendo referencia a su abuelo y su tatarabuelo, pero la verdad ¿Qué culpa tenía la criatura? Sin duda, le amargaron la vida para siempre como hacen muchos padres al endilgarles a los críos los nombres de los ancestros o del santoral del día.

En esta etapa de la vida es cuando se hace patente la interacción genotipo-ambiente. Tu herencia genética enfrentándose a diferentes ambientes. Gentes frías y calientes por naturaleza suelen dar giros tan fuertes que a nadie le toca juzgar. Cada quien es como es y reacciona de manera tan diferente a la influencia del ambiente dando resultados tan variables y sorprendentes. El no señalarse a uno mismo por el comportamiento vital para caer, levantarse, alzar la cara y continuar, aquí no hay errores, sino sólo aprendizaje.

El vertiginoso remolino no se detuvo al envolver sutilmente a Angélica. Todo era nuevo en experiencias y así aparecieron en su telón las reuniones, el baile, el cigarro, el alcohol, la diversión de la chamacada en toda su plenitud. Su primera ruptura amorosa fue excelente abono a sus anhelos de nuevas experiencias, y le dio alas para seguir adentrándose en ese mundo que nadie parece comprender y que sólo se sigue hasta perder el rumbo, porque no hay quien pueda decir que no entiende, sino más bien no se quiere entender y mucho menos luchar contra él. Pero el motivo principal fue que el mocoso se había volado la barda. ¿Tú crees? ¿Aún sin terminar la prepa ya andaba ofreciendo anillos de compromiso porque se quería casar con la niña Angélica? Todavía no saben limpiarse el trasero ni lavarse los dientes adecuadamente y ya se andan calentando para el matrimonio. El dolor de la ruptura no fue por enamorada, fue por decepción; la joven nunca pensó que él, con tan lindo cuerpo, no tuviera ni un tantito así de cerebro. Angélica, ranchera y no, tenía creciente intuición femenina, suficiente como para saber que ese no era un buen camino para cubrir sus aspiraciones futuras. Aun así, la desilusión le pegó fuerte como para ir cayendo en la melancolía y provocarle erróneamente la sed de bebidas; digo, porque para pretextos cualquier motivo es bueno, como anillo al dedo.

Con la finalización de la preparatoria se quedaron como siempre buenos y malos recuerdos, experiencias difíciles de olvidar para quien esta etapa es un segmento de la película de tu vida, a la cual se le abona un alto grado de importancia por el cambio o los cambios que se reflejan en el camino de muchos, excepto para los que no tienen una oportunidad de aprovechar estos cambios para mejorar el sendero por el que planean transitar hacia el futuro; éstos últimos tendrán otro tipo de oportunidades, otro tipo de aprendizaje y otro tipo de resultados.

IV.
EL TALLO, CRECIENDO

El salto a la grande, ahí sí, agárrate Angélica, otro mundo, otro espacio, otra galaxia. Es difícil de ocultar el valor de la familia. Las tías, que en su momento tuvieron la necesidad y la oportunidad de haber migrado a la gran ciudad y lograron conseguirse un marido de posición media, suficiente para tener una vida digámoslo tranquila, ahora le daban la oportunidad de tener un espacio para vivir y un lugar a donde llegar. Un lugar en donde todo era aprendizaje forzoso, nuevamente, siempre recordando su terruño y a sus padres, sobre todo.

Ya estaba ahora en la universidad, tratando de cumplir su sueño de ser Administradora de Empresas, carrera que le llamaba mucho la atención, porque sentía que en las empresas muchos de los fracasos se debían al bajo control de los procesos y la falta de disciplina financiera, también había que cuidarles las manos a los contadores que ocasionalmente se vuelven dentistas, ya que en vez de llevar apropiadamente las contabilidades les cuentan las muelas a los clientes.

Aquí las situaciones se volvieron más conflictivas. Calle afuera, el democrático transporte urbano: haciendo filas para subir, cuidándose de los arrempujones y de los arrimones, las llegadas tarde, el calorón sudando la gota gorda y el frío helado en el invierno, congelándole los cabellos recién salidos de la regadera. Aun así, Angélica agradecía que llegara la unidad, aunque fuera tarde, aunque viniera lleno, aunque retumbara en cada bache y en cada tope, al fin era lo que la ayudaba a moverse. El ambiente dentro de la unidad, inevitable, la cumbia vallenata o las rolas de Celso Piña con su cumbia colombiana, haciendo chillar el acordeón y metiéndole ritmo a las caderas al corazón y al alma. Ese instinto de la música por dentro que todos llevamos, también contagiaba a Angélica. Tal vez de ahí le nacería para ella el gusto por ese tipo de música que el día de mañana le haría mover sensualmente las caderas, el ritmo entre las manos, el sudor entre el bamboleo de sus senos y de su espalda. Ah, el choleo, esa danza privilegio de los cholos quienes a mucho orgullo disfrutan aún estos ritmos.

Para su estancia, el vivir con su tía no duró mucho tiempo; hubo una alternativa por la lejanía entre la casa de su tía y la universidad por lo que debió de mudarse a un departamento que le queda más cerca pero que tenía que compartir con otras compañeras, unas pollonas y otras un poco menos pollonas.

Bajo este diferente panorama, conviviendo ahora con compañeras de escuela, compartiendo habitación con ellas, experimentó ahora más presión monetaria que en la prepa. Lo que antes era la gota que sus padres le enviaban semanalmente se convirtió en gotita: apenas tocaba el comal y se desvanecía y esfumaba, no alcanzaba para satisfacer sus nuevas necesidades.

Dentro de las nuevas necesidades, la guerra por soportar los diferentes niveles de vida o económicas digamos de sus compañeras de cuarto. Con su mente de adolescente, jovenzuela de recursos medios entre compañeras de departamento a donde las veía llegar continuamente con ropa nueva, teléfonos de marcas reconocidas, accesorios tirando a lujo, aretes, anillos, pulseras, mientras que ella, con su celular de lamparita, los legendarios Nokia sólo con llamadas y mensajes de texto con límite de saldo restringido. Y no se diga la alimentación que es en donde más te pega la falta de recursos; puedes andar encuerado, pero con hambre, ahí sí cala. ¿Lo más duro? Los comentarios: soportar que la compañera de cuarto diga que su abuelita tenía más actualizado su guardarropa que ella, ¡Sopas, perico! Eso sí que le caló a Angélica.

Llegó el día en el que Angélica se cansó, se hartó; molesta consigo misma, se empezó a cuestionar si esto era justo. De tanto y tanto, los comentarios afectaron su autoestima, aun y cuando sabía que sus padres hacían un sacrificio económico y sentimental, —que ella siempre valoró— para poder educarla, por lo que nunca dejó de considerar y conservar los principios y valores heredados por sus padres. Sin embargo, un día se levantó pensando: el estilo, la elegancia y el porte no los hace la marca, sino que van de la mano de la persona, aunque la gente que sabe, sabe que lo bueno está dentro, el corazón de la lechuga, el agua de coco, las perlas de las conchas. Todo se encuentra dentro y hay que saberlo explorar y explotar. En el caso de Angélica, su inteligencia era de obviarse, el diamante no estaba tan en bruto, estaba ahí a punto de ser pulido por ella misma y, sin saberlo ella, también por otros.

Para ese entonces, el cuerpo de Angélica había cumplido su desarrollo normal y natural; ahora más sexy que nunca, hasta los labios se le notaban más carnosos y sus caderas parecían mover las banquetas de lado a lado. Ante tanto babeo masculino, los noviazgos seguían su curso como cambiarse de calcetines o de choninos, todos con la alegría y valor universitario. Pero un buen día o un mal día, según el punto de apreciación de cada quien, su gusto por un masculino la hizo caer en la tentación, sin escuchar a su madre "Nada de sexo sin matrimonio, hay que formar la familia de manera digna, que te sientas limpia y pura y que no tengas cola que te pisen". Pues a Angélica le pisaron un poquito más que eso, el torbellino irrefrenable del eros la llevó a su primera experiencia sexual. Como para todas o muchas niñas de sus edad, llenas de dudas e inquietudes mal fundadas, para ella el primer encuentro carnal fue deprimente, de esas primeras veces que sólo le haces caso a los latidos entre tus piernas y buscas otras experiencias que ya no sean los aburridos y oportunistas dedos: el índice y medio; al índice algunos le llaman el vulgarcito, en vez de pulgarcito, aunque el verdadero pulgar a veces se encarga de otras zonas erógenas más inusuales; un hotel de cuarta sin sentir realmente una satisfacción y al final, terminar peor que al principio con una carota de *what*? Pero, al fin, bienaventurada mujer, bienvenida a la nueva etapa de la vida: ser sexualmente activa.

Las relaciones en la universidad fueron en aumento: otros niveles sociales de vida, otras tentaciones: fiestas, carros, amigos guapos influyentes con acceso al alcohol, las pastillas, el tabaco y otras drogas menores que la empezaron a llevar a sobrepasar su felicidad, pero también buscando seguir en ese su círculo virtuoso entre comillas. No pudo, o más bien, no quiso parar. El tiempo, mal amigo, continuó implacable y Angélica sin crear adicción alguna (eso decía ella, claro), pero siguiendo en la práctica de esas nuevas manías. Como no queriendo se había lanzado en un tobogán jalando aire por ojos, nariz y boca, pero a veces alcanzaba a ver hacia los lados e intentaba dejar ese ritmo de vida. Pero en una de esas vueltas del tobogán de su vida, cae en una segunda ruptura amorosa que le podría decir el amor de su vida (y de bajada), donde vuelve a perder su autoestima. Le llora más que un río y está como año y medio con su cielo nublado y confundido.

En lo económico trató de ajustarse, limitándose a la escasez monetaria que el núcleo familiar le proporcionaba; sin embargo, los problemas se incrementaron: en vez de darle prioridad a la colegiatura, lo gastaba en ropa para las fiestas, para el alcohol y la droga. Tocaba ya el fondo de la situación y trata de poner límites, pero ya era tarde: debía 56 mil pesos, la graduación ya se asomaba en el horizonte y siendo una chica universitaria a la que le daban 700 pesos para la semana, ¿de dónde agarrar para solventar las deudas y el tren de vida al que se había subido?

V.
LA HIEDRA ENREDÁNDOSE

Fue entonces el tiempo de contemplar otras alternativas. Se había cansado de buscar trabajo y no ser contratada por su falta de experiencia; un día asistió a una fiesta donde conoció gente de clase media alta y donde se movía otro tipo de personas. Ahí conoce a un chico toda frescura que alaba continuamente su hermosa sonrisa y sus atributos curvilíneos: Félix, como el ave que nunca se mancha (perdón, Félix, nada que ver con Fénix), pero este chico sí que manchaba con el más mínimo salpicar. Habilidosamente, o como quien dice, ya sabiendo de memoria la estrategia, fue llenándola de halagos durante el corvivio (porque durante la fiesta prácticamente se la pasó libando y comiendo de gorrión) y además convenciéndola de que lo acompañara a una próxima fiesta, ¿Cuándo? Al día siguiente, así en caliente ni se siente; no le das cabida ni al arrepentimiento, ni a la razón, mucho menos a la inteligencia. Todos son fracasos disfrazados de triunfos, hay caminos que te llevan a algún sitio, pero hay otros que te llevan a ningún lado.

Félix era un anzuelo, de esos que huelen la sangre de su víctima herida, saben de qué pata cojean, con la experiencia para identificar cada frase de su presa, estudiando bien la parte de su cuerpo para dar la primera mordida. No era Angélica la primera jovencita que se atravesaba en su camino y sobre la cual la única encomienda era el reclutamiento y la explotación con la ventaja que ya venía malherida. El entorno y el sistema ya la habían llevado al *chut*[2] como el ganado para ser vacunada.

Poniendo de pretexto el dinero, el Félix le recalca en su frente una frase que decía: "Bolsa vacía, chica equivocada de fiesta". Después de pasar por ella (por no decir "después de recogerla", que se escucha más feo) y ya con rumbo a la citada fiesta, Angélica se quejaba de su mayor enemigo: la falta de dinero. En ese momento le brilló a Félix su largo colmillo, "De aquí eres", pensó. El anzuelo empieza a merodear la boca del pez, se mueve de izquierda a derecha y de arriba abajo con su brillante e hipnótico movimiento (necesidad = oportunidad). Félix le dice que por acompañarlo hoy con sus amigos le iba a dar mil pesos. Claro, ella se quedó sorprendida y aún sin entender el juego (o sea, el lindo pececillo de colores sin oler ni saber lo que son las redes), contestó diciendo que no, que no los necesitaba, ya que, para empezar, él (1.) La había invitado a esa *perri*-fiesta (2.) Se había ofrecido a ir por ella y (3.) No era necesario. Sin embargo, su boca y sus ojos continuaban girando de izquierda a derecha y su cabeza de derecha a izquierda, por lo que decidió tomarlo como un préstamo (anzuelo mordido, 'tás jodido) y si lo aceptaba es porque sí tenía deudas que pagar.

Durante la *perri*-fiesta, todo lindo, chicos oliendo a Chaneles y Franciscos Rabanes; las vestimentas oliendo a moda y a tendencia internacional; las bebidas de lujo donde la cerveza cabía en espacios muy reducidos y para Angélica todo era como en la

---

[2] En ganadería, como un pasillo tubular por donde se mete al ganado para poder bañarlo y vacunarlo.

Cenicienta, bailando con sus zapatillas de cristal. En fin, lo único que hizo fue bailar un par de canciones y libar, obvio. Al terminar la fiesta se retiran y su acompañante le dice que uno de sus amigos está dispuesto a darle quinientos pesos si se dejaba despedir con un beso en la boca. Ella, pensando en su cabeza sólo un número (56, 56, 56), accedió y ¡Sopas, perico! Lenguas rascando las amígdalas (confirmado: anzuelo devorado).

Después, Félix continuó con su función de red y le consiguió trabajo de edecán en una agencia de autos; la figura sexy y atrevida de Angélica era un requisito para la atracción de víctimas queriendo comprar un auto que tal vez ni necesitaban. Aquí iniciaban las proposiciones tentadoras, empezando con los directores de las agencias de autos haciendo sus ofertas, los clientes con sus proposiciones algunas temerosas, algunas atrevidas, pero al fin, proposiciones todas que empezaban a llenar de humo la cabeza de la chica, que, si bien no era una Miss universo, a nivel de cancha era una mujer bien dotada, de buen ver y entiéndase ya la palabra mujer. Al final del día, Angélica se desnudaba frente a un espejo de cuerpo completo y alimentaba su vanidad y reafirmaba lo buena que se veía, irresistible, mezcla edad, juventud, piel tersa; su ego ganaba en afianzar su autoestima, misma que confirmaba cada día, cuando salía a nuevos eventos.

Las maniobras continuaban ahí; en las reuniones a las que asistía le preguntaban de cuál agencia iba para ofrecerle otros eventos. Recordando su deuda (56, 56, 56) y la deuda con Félix, se da cuenta que con limites pudiera obtener dinero fácil, aun y cuando no era decisión inteligente (pensó ella dentro de sí que sí lo era), por lo que empezó a utilizar "su inteligencia" para abrirse paso (se le acabó la inteligencia, por supuesto). Para Félix, conocedor de los aromas de los platillos que preparaba, no pasaba por desapercibido el cambio en las actitudes de Angélica, la manera de conversar, su forma seductora de vestir, la manera de mantener una relación, las miradas atrevidas, el mojarse los labios abrillantándolos, alisarse el cabello continuamente, agachar la cabeza y mirar de abajo hacia arriba, prácticamente a través de sus pestañas postizas, eran signos innegables: ella ya era otra y estaba lista para el siguiente escalón.

Bajo el consejo de Félix, "buscaron" una agencia de modelos y sorprendentemente fue aceptada con éxito; esto había que celebrarlo, claro, el ganón: el anzuelo Félix, copas, droga, habitación de lujo, entrada por la puerta grande al Glamour. No todo estaba perdido; Angélica se llenaba de recuerdos, pensaba en sus padres y en sus hermanos ahí en el lecho en donde amaneció desnuda, pero ahora con una deuda más alta —era 66 el número—. Félix se lo dijo: "Las agencias son exigentes, pagan bien, pero hay que cambiar, hay que vestirse bien y oler bien, lo demás vendrá por añadidura".

La esperanza de trabajar se había cumplido y acudió a su primera cita con reglas. Al llegar a la fiesta se da cuenta que su "cliente" o acompañante es un chico de 29 años (Marco): alto, guapo, fornido, de buenos modales, educado, en algunos momentos tímido, pero sin dejar de persuadirla durante toda la noche. Entre baile y bebida, Angélica se sentía como pez en el agua: su "inteligencia" aplicada al 100, todo en marcha "bajo control". Al terminar el evento y de regreso a casa, Marco le agradece por la compañía y le da dos mil pesos. Éste junior era como hijo de un político importante en la ciudad, se le notaba y también se notaba que Angélica no veía que la red avanzaba sigilosamente sobre ella. Al día siguiente, cuestionando sus acciones, Angélica se justifica *"per se"*, ya que era una mensualidad menos en qué pensar, mientras sus dos ángeles le susurraban lo bueno y lo malo. Al final los promediaba y practicaba: "Veinte, tostón, peso, veinte, tostón peso". Pero pronto se le revolvía todo en su cabeza y pensaba "Al carajo con la feria, a darle que es mole de olla" y adiós consecuencias morales y vergüenzas; había que salir adelante y chueco o derecho llegar a la orilla (aunque no hubiera orilla).

Marco, por obvio, siguió llamando por las mañanas "¿Estás libre hoy?" y por los mediodías, tardes, noches. Ya no hubo baile, sólo sitios en donde tener sexo. Los ingresos no dejaban de parar y las deudas a medio disminuir; ingresos menos inversión y menos comisión, así iban las cuentas en las finanzas de Angélica. Los tentáculos se extendían, y el siguiente paso era formar parte de un catálogo de edecanes. El plan continuaba perfecto. La cita, la sesión de modelaje, los vestidos, las fotografías sugerentes, el ego volando alto en su máxima expresión: "No hay chica más hermosa que tú, vas a tener muchos éxitos" (y muchos sexitos también).

Estaba ya involucrada en todo un plan de entrenamiento, endeudándose más cada vez. Hasta que se llega el día, lista para la arena romana, los leones y los guardias, el público, los jueces, la competencia los dedos hacia arriba y hacia abajo, la competencia vulgo prostitución, el pez tragando anzuelo, las instituciones ganando comisiones y el actor principal o víctima como le quieran llamar: lista para recuperar su independencia económica, para elevar su autoestima, para pavonearse como muchas mujeres lo hacen y que como el cuervo de la fábula se quedan sin queso. ¿Dónde quedó el apetecido queso de Angélica? Quién sabe; el tiempo tendría la oportunidad de decirlo.

Por las mañanas, al levantarse, Angélica revisa su teléfono, y la pregunta "¿Estás disponible hoy?" fue cada vez más cotidiana. Primero la pregunta le resultaba agradable, subir su rating, subir su cotización, pasar de nivel. Después soportable y al final le fue resultando una molestia, ya no era "¡Tengo cita!". Finalmente era "¡Psss, cita otra vez!". La curva de Gauss tan natural.

La hiedra empezaba a apretar, primero despacio y después más fuerte. Se clarificaron las condiciones de su empleo en la agencia: las citas ya no eran sólo de compañía, sino que empezaron a exigir los tintes sexuales. A Angélica se le venían las preguntas a las que ella misma daba respuesta: si la buscaban, era por bonita y se sentía como un pavorreal. La hiedra, el ego y la falta de estima, que la impulsaron como cohete a la luna rompiendo inercias y atmósferas, la fueron arrastrando en su mismo tobogán.

Ya con el panorama muy claro, pasaron los días y ya no era Angélica: ahora se llamaba Angie y su cita un día era Rafael, otro día Aarón, Javier, Felipe, Edgar, Yahir, Ranulfo; como se llamase el de turno, es lo que menos importaba. Unos eran de día y otros al caer el sol. Llegó el momento en el que ya no eran días, ya eran meses y todo había pasado rápido, y el objetivo de bajar la cifra de adeudos había sido provechoso.

¿El cuidado anti embarazo? No hay problema, la agencia se encargaba de todo; el médico que formaba parte del equipo le explicaba que tenía unos pequeños quistes en el ovario y que las pastillas anticonceptivas ayudaban a eliminar los quistes. Plan perfecto si provienen de una declaración profesional y de una receta médica, todos protegidos, uno, dos, tres: salvación para todos mis amigos.

Un día decidió buscar otro trabajo. Con la autoestima arribotota decidió buscar algo referente y lo único que encontró fue un trabajo de cuidar perros. Su vida se complicó: en la mañana cuida-perros, por la tarde acompañante y en la noche ir a la universidad; pero para ella todo en ese momento valía la pena.

Repentinamente y sin querer queriendo, como dijo el Chavo del ocho, hay que reconocer que cada cuerpecito tiene su corazoncito y le llega el momento de romper las reglas: Angie se encariña con uno de sus clientes, le sueña como el amor de su vida (y de bajada) y la agencia, según las reglas, la tendría que dar de baja o, de otro modo, solicitar un cambio de cartera nueva. Él era uno de los mejores clientes, por lo que decide solicitar una baja temporal, al fin que aún conservaba el trabajo de cuida-perros. Aquí aprendió que los clientes, clientes son: así como aquel amor llegó en su nube de príncipe azul, así mismo se esfumó. Vaya ruda escuela llamada vida.

En este tiempo de suspensión forzada se reencuentra con una amistad de años pasados: Gabriel era alguien que le gustaba a rabiar, un tipo de piel clara, alto, con sonrisa perfecta. Se comienzan a tratar, a salir a cenar, al cine, manita sudada, después ombligos sudados y de más, y cuando todo pintaba bien y pensaba tener ya de todo, ¡zaz!, que se llena de lodo. La suspensión con la agencia incluía los anticonceptivos. Un buen día, o mal día, al despuntar la mañana, tras sus descuidos, se encuentra con unos resultados de embarazo positivo. "Gabriel debe de saberlo pensó". Como siempre, el corazón es más tonto cuando se enamora; bajo esta premisa organiza su cita sorpresa, lo invita a buen restaurante, toda una ceremonia: el vestido más sexy enseñando de más, el maquillaje más pulcro, vino tinto, flores, pastel, sonrisas y luego el esperado anuncio: "¡¡Gabriel, vamos a tener un bebé!!". Angélica en un instante comprendió que no era una felicidad compartida; el rostro de Gabriel no tenía la luz de una alegría, sino más bien una preocupación. Lo confirmó con el reclamo: "¿Cómo te descuidaste? Debiste tomarme en cuenta, realmente no estamos preparados para esto, te quiero mucho, pero esto no estaba dentro del programa". Su mundo se volvía a caer, se derrumbaba como una ciudad después de un bombardeo o después del paso de un ciclón categoría 5; pensaba en todas las aristas y situaciones, conjeturas que se le venían encima; comprendió y masticó su craso error, se tragó el bolo, lo metió en su rumen y lo regurgitó toda la noche y la siguiente noche también; perdió el apetito y las ganas, anduvo de fodonga dos días y al tercero resucitó. "Se levantó y andó" como dice el chiste.

Había tomado una decisión, después de la marea de ideas en su cerebro que a esas alturas no dejó de ser más que un viento fétido dentro de una bacinica. No pudo dejar de pensar en su yo, en que sus logros actuales y su porvenir no se podían truncar por ese error; en definitiva, el despecho, el coraje y el dolor de haberse equivocado, el hecho de sentir haberlo tenido todo y ahora despertar con un nada influyeron en esa decisión. ¿Buena? ¿Mala? No lo supo, es más, no lo sabe aún hasta la fecha, pero tomó la opción más precipitada del mundo: deshacerse de ese "problema", para ella en ese momento, un obstáculo en su camino. Su mente nunca alcanzó a establecer la diferencia entre asesinato y aborto. Con remordimientos o no, pero pensó que su tablita en el mar era que no podía perder las relaciones, las oportunidades, sus meses anteriores de gimnasio ni clases de baile "*pole dance* ", su posición y su r*atin*g, su estatus diamante, etc. Y así fue lo que fue.

VI.
LA FLORACIÓN

El regreso del Jedi, más fuerte que nunca y sin remordimiento alguno de la situación que vivía. Sacando su fuerza interior para no caer en la depresión, buscó a su última agencia. Una llamada bastó para que le dieran la bienvenida, estaba advertida que su camino era nuevamente desde abajo, pero para su fortuna o desgracia, su cartera nunca se perdió; dejó en su episodio anterior una buena fama y al informar que regresaba la respuesta no se hizo esperar. Aún y cuando su posición en la Pole y parrilla de salida no la favorecía, Angie rebasó imparable a las demás participantes: de la posición 20 al número uno, además de obtener la carrera más rápida del circuito. Todo un relámpago. La vida golpea fuerte, pero el tesón no se hizo esperar; ella tenía que salir y su regreso fue espectacular. Ahora más embarnecida de caderas y de mente, reinició sus actividades de edecán, atender eventos y lo que se atravesara.

La floración en plenitud. El juego cambió, ahora ella sintió tocar la gloria con sus mismísimos dedos; ahora con el carácter bien forjado por todas las etapas de su vida anterior, era ella quien ganaba, las reglas eran sus reglas: ahora pedía mesas privadas, lencería para cada ocasión. Su "inteligencia" la llevó muy alto, la deuda ya había sido pagada y todo el dinero que generó lo atesoraba en una cuenta de ahorro. Su entorno se llenó de gente de mucho dinero, de vestimenta Gucci; pasaban por ella (no la recogían) carros de todas las mejores marcas y modelos, su propósito fue llegar a Lady Diamante y lo logró: su tarifa máxima fue de diez mil pesos por una hora.

Rebasó las clasificaciones como en la política: por la izquierda, subiendo escalones de dos en dos, de tres en tres. Lady Plata, 1,200 pesos por hora, Lady Oro de 2,000 a 5,000 pesos la hora, y lo máximo: Lady Diamante, 10,000 pesos la hora. Sí que hay que tener lana para pagar tantos pesos y por algo que es tan lindo cuando se hace por gusto, por amor, por entrega, por decir que eres el amor de mi vida, que eres mi ángel. Vaya contrariedad si al final todo es sexo.

Esta época de abundancia era para disfrutarse: noches de eventos de Rodeo, en vivo con toda su espectacularidad, sombrero, botas, camisas a cuadros, los jeans bien apretados, cervezas bien heladas, las gradas, la polvareda de las suertes en el ruedo, los tonos del acordeón y bajo sexto y el tololoche. También las escapadas con la banda para disfrutar el choleo y su reguetón, perreo, noche de calles iluminadas con la música, la súplica de que no se acaben las noches alargadas.

Angélica despierta en su mañana de abril, bañada por la luz que se cuelga del pequeño ventanal. A estas horas, la verdad parece ser inmensa como brillo sideral iluminando su universo oscuro. El cálido edredón se desliza suavemente por su cuerpo, es atrevido, acariciando lo que se le antoje y lo que le da la gana de esa piel desnuda, por hoy suya, mañana tal vez también. No hay tiempo más hermoso sobre la cama en soledad, que el que se vive al despertar, apretar los nudillos, cerrar los ojos, estirarse desde la espalda hasta los pies, sentir el tric-trac de la columna y de la nuca. Una vez cada día. Sobre todo, cuando se ha caído rendida, muerta, de esas veces que hasta quitarse la prenda más ligera te da hueva, pero es imposible que se quede en ti, hasta ese peso te pesa. Liberarse de la ropa es como volar, abrir los brazos, sentirte en los algodones del viento. Hace rato, no más de tres horas, llegó Angélica exhausta, bañada en sudor, hedor combinado con un Louis Vuitton, Creed, Christian Dior o mínimo Carolina Herrera o qué se yo, sin recordar cuál perfume usó; no lo sabe ella ni los que tuvieron la fortuna o desgracia de captar ese aroma inigualable, combinado de cuerpo y marca fina. Nadie tendrá otro igual, aroma único, de eso se jactó. Igual, nadie discutió, se dejaron llevar, las gentes siempre van por más, nadie ni nada les da gusto.

La ocasión fue de esas noches donde la tropa se reunió para celebrar no sé qué; ya con su perico de droga, poco le importaba. Los acordes y la música de Celso Piña, Aniceto Molina, la tropa vallenata y otros más le inundaban los poros de la piel, los sentidos, el sudor, el paño o paliacate abrazando su frente; su blusa amarrada arriba del ombligo, dejando fuera el vientre. La prenda ya mojada se adhería a sus pechos sin sostén, notablemente excitados por la temperatura y el roce de la tela. Sus shorts ahora sí que suficientemente largos y holgados, dejando escapar sensualmente sus caderas y parcialmente la parte superior de su pelvis, ocasionalmente dejaban salir destellos de sus piernas cascada abajo hasta los tenis *Converse*, de color rojo claro con su estrellita azul a la altura de los tobillos. "Los conocedores afirman que soportan los mejores pasos del choleo", decía ella. Otras veces el sudor era difícil de ocultar sobre sus piernas, el contoneo de caderas, el cruce constante de pies flotando espectacularmente sobre el suelo, el movimiento rítmico de las manos, el cuello, la cabeza, todo un concierto de movimientos coordinados hasta con los ojos a veces en blanco, mirando al cielo buscando un no sé qué. Angélica, maliciosamente, de vez en vez se levantaba sus shorts aprovechando que eran suficientemente holgados dejando repentinamente expuestas sus hermosas piernas abrillantadas de sudor, y al interior disfrutaba el roce de su mezclilla sobre su piel acariciándole rasposamente su pelvis por lo que terminaba doblemente mojada, toda una melodía de erotismo consumado y así, así, una melodía tras otra, esperando el turno para la reta, embebidos con la cumbia sampuesana. Una sed insaciable de caricias en la cadencia, la sed en la garganta tampoco se podía contener; las cervezas cada vez más ricas, enfriadas con escarcha de hielo eran deliciosas, todo eso tragándose los minutos y las horas buscando los besos de la madrugada.

"Los momentos con la tropa son inolvidables, yo los llevo hasta mis días, saboreando aún los labios de la miel, aún se me escurre cada gota de sudor y aún las disfruto" pensaba Angélica. Esa mañana, como ayer y como mañana, convirtiéndose ya en costumbre, encontró en su celular la frase cotidiana: "Hola, buen día, ¿cómo andas hoy?, tengo un cliente para ti". Ahí empezaba la actividad diaria. Aparte de la escuela y el trabajo cuida perros, había que atender el llamado de la responsabilidad para la agencia.

VII.
EL JARDINERO

Para ella, esta nueva etapa era ya natural, o creía que debía ser natural porque sola había caído en ese ojo del huracán en donde todo alrededor podía convulsionarse, pero ahí, en el epicentro, sólo se percibía una calma chucha y chicha, con aires de confort si así lo quieres pensar, dos centímetros sobre el suelo, flotando, suave, suavecito, otro mundo de atención y de glamour, sonrisas falsas, buenas marcas de ropa y calzado, buenas tangas, la pedrería fina rebasando a la bisutería barata, el restaurante, el aire acondicionado, paredes bien enjarradas y súper bien pintadas, buenos carros y atención distinguida. El valor de una cadera, la teta y la wuagua[3]*.

Todo un compromiso ineludible, el mensaje muy claro: "Hay un cliente esperando por ti". Sin medir el riesgo, cada día un desconocido, de ideas y de edades diferentes, de diferentes costumbres y manías: los cultos, los arrabaleros, los cuerdos, los curas, los santos y los santiguados; los enfermos de sexo y los tímidos, los traumados, los guapos y los no tan guapos. Una hora, muy poco tiempo para soñar, para entender, para escuchar. Una pausa inicial de conocimiento, las reglas, la relación, un adiós, "Espero verte pronto", "Ojalá y que no te vuelva a ver" "Te arreglas con la agencia". Esperando el depósito en la tarjeta, unas trabajan, otros se encargan de cobrar sin riesgos, ni remordimientos, colectando comisiones, organizando

---

[3] Wagua (Vagina)

fiestas y eventos rimbombantes, redes de captura, reclutamientos efectivos, negocios futuros. Abogando por una supuesta seguridad y protección. Estructurando la deuda y todos los agujeros que a corto plazo estarán pagados ya sea con *cuerpomático* (la tarjeta más efectiva), ya sea con favores extras. Por lo pronto, repartiendo citas "¿Estás disponible este día?"

VIII.
EL PETALO EN HUIDA LIBRE

Los periódicos en sus primeras planas no dejan de contar historias tristes, aparte de índices económicos, robos, accidentes, desastres naturales, fraudes, abusos de autoridad, enriquecimientos ilícitos, impunidad, muertes y desaparecidos.

Se activa código rojo por la desaparición de dos jovencitas que estudiaban en la Universidad de la Metrópoli: una, Perlita, de 19 años, la otra, Lupita, de 20 años, ambas cursaban la carrera de Ingeniero Mecánico Industrial. Habían llegado de una ciudad contigua a 300 kilómetros de distancia con la ilusión de forjarse un futuro mejor, ser el ejemplo para sus hermanos menores y orgullo de sus padres. Las condiciones en su ciudad natal no eran del todo prometedoras, de ahí la decisión de toda la familia de que ellas buscaran otras oportunidades y, como de costumbre, mediante el sacrificio desmedido de sus padres para proporcionarles los mejores medios y apoyarlas en la consolidación de sus sueños, a veces endeudándose, pero no dejando que el barco de ilusiones se hunda.

Sus amigas las describen como alegres y joviales, con muchas ganas de vivir su vida: "Son de lo más ocurrentes, aunque hay que decir que también eran atrevidas, desinhibidas, con cada idea loca en su cabeza". No podía pasar por desapercibido cómo, repentinamente, habían cambiado su nivel personal: mejor vestidas, mejor pintadas y con más monedas en su bolso. De vez en vez salían con sus "amistades", solicitando el permiso correspondiente el cual era otorgado por los mayores con la condescendencia de no estar mal con las hijas, a condición de su regreso a la casa a la una, dos, tres de la mañana o hasta la típica llamada: "Me quedé a dormir en casa de una de mis amigas porque se nos hizo tarde". El desorden y el revoltijo de sus cuartos también iban en aumento por falta de aseo, hasta que un día no hubo regreso. Salieron a divertirse con sus amigas a una noche de antro: viernes, el *"puerquecito"* lo sabía y lo pedía, sin medir consecuencias, dejándose llevar como hojas de otoño al capricho del viento del cual hasta hoy no se sabe ni de dónde viene. Noches de excesos, bailes, excitación, sugerencias, libertad y libertinaje, olvido, viviendo el momento sin saber del mañana; sus compañías desconocidas, dedicándose a no sé qué actividad, pero al fin fructífera, suficiente para comprar deseos, mentes, compañías. Ese día no hubo regreso a casa.

Pasaron los días de búsqueda, búsqueda infructuosa; los silencios se volvieron más largos, las investigaciones sin financiamiento empezaron a ir a paso lento, el seguimiento de pruebas perdiéndose, la impunidad floreciendo en estos casos. El reclamo de las familias solicitando apoyo para localizarlas, la noticia desvaneciéndose en los diarios conforme pasan los días, al fin siempre hay más noticias sensacionalistas para vender a través de los tabloides hasta que por fin agarran agua los arroyos. El caso vuelve a ser económicamente interesante: encuentran a dos jovencitas sin vida a más de 800 kilómetros de la ciudad, otros parajes, otras costumbres, otras vegetaciones, pero con las mismas desgracias. Las encontraron en un sitio solitario, semidesnudas, con signos de tortura, abuso sexual, etc., etc. La asfixia borraba y encerraba todo. En sus bolsos y pertenencias sus identificaciones: Perlita y Lupita. Hubo necesidad de la necropsia de ley, mas no de la identificación de ADN, ¿para qué? El circo de siempre, los ministerios públicos, las agencias policiacas, los políticos saliendo en la foto, la entrega y traslados de cuerpos. "Gracias, Gobiernos, no se esperaba menos". "Es nuestro deber ayudar a la ciudadanía en sus momentos más difíciles, estas situaciones nos embargan (y nos enverg… ahí la dejamos) para lo cual enviamos nuestras más sentidas condolencias y un solidario abrazo de nuestra administración".

La prensa sensacionalista haciendo mil conjeturas, como los comentaristas de futbol queriendo saber más que los entrenadores y los árbitros; por cada conjetura nuevas oportunidades de venta, entran los *youtuberos* creando historias y ganando *likes* y suscripciones ("Dale *click* a la campanita para que sepas cuándo se me ocurre otra babosada"), entre ellas el hacerse también víctimas y perseguidos por los supuestos criminales al sentirse descubiertos. ¡Ay, hasta las videntes sacando partido!

Y la realidad: ahora las familias haciendo huelgas y plantones, clamando justicia, satanizando a la impunidad; sin embargo, estas manifestaciones continuamente se envilecen con vandalismos en las manifestaciones, encapuchados y encapuchadas tergiversando una buena intención. Y como siempre, el supuesto vínculo de las autoridades con los autores intelectuales y materiales de secuestros, prostitución y drogadicción, como si fuera una verdad que se deja manejar por las redes de narcotraficantes y tratantes de blancas a quienes hay que proteger porque de otra manera se acaba el flujo económico; no, no todo es verdad, aunque se parezca a la cruda realidad: los privilegios y las riquezas indebidas, no, señores, sólo son cuentos, "es pura coincidencia", suposiciones de las crecientes redes sociales especialistas en ventilar las más nutridas opiniones en cada caso: "Mira qué bien tenían educadas a estas niñas, bien que las dejaban salir con desconocidos y permitir que llegaran a la hora que quisieran", "Sí, con eso de que no tienen tiempo para estar con ellos porque se encuentran trabajando para darles un futuro mejor; a los niños dales un celular para que se entretengan, a los grandes déjalos salir a disfrutar su libertinaje, ahí están las consecuencias", "Derechos Humanos condena los hechos, sea lo que haya sido, se atenta contra de este derecho y ahí te va mi recomendación que por obviedad nadie escucha, mucho menos se ejecuta", "¿Por qué las autoridades no hacen nada? Dejan que ocurra esto una y otra vez, no les dedican los recursos económicos suficientes; las investigaciones son obsoletas, deficientes, violando los protocolos y proporcionando a los jueces elementos para no castigar a los responsables, autoridades corruptas y vendidas, faltos de profesionalismo, aparte les tienen miedo a los verdaderos culpables aun y cuando llegan a convivir con ellos", "Las políticas federales no son las adecuadas, un sentido pésame no sirve de nada, el congreso no hace su trabajo, son una bola de levanta–dedos apuntando a sus beneficios partidistas y particulares y cacaraqueando huevos en anuncios televisivos pagados por los impuestos de todos; poco entienden que el panadero a sus panes, zapateros a sus zapatos y los legisladores a legislar; nadie los puso ahí, solos quisieron estar presentes, las tentaciones los llaman como las frutas maduras a las moscas".

Vaya forma cómoda de vivir utilizando a la patria. ¿Cuándo, cuándo realmente endurecerán las condenas y catalogarán con más dureza el secuestro, la trata de blancas y el respeto al sexo femenino? "Ni una más", es el sordo clamor que deberían atender en vez de defender los aguinaldos y los privilegios. Por otro lado, ¿Cómo no tratar los temas de esta manera si los reclamos ciudadanos se traducen en manifestaciones para levantar la voz? Voz que debía de ser escuchada por las instancias correspondientes; mas no, el encanto de la comunión de los políticos con el pueblo termina justo un día después de las elecciones o, más bien, tal vez nunca existió. Los países a nivel mundial han perdido el control sobre el tráfico de drogas, el poder económico del petróleo tiene otra dirección, amén del de la mafia de los laboratorios creando enfermedades, semicontrolando las que ya hay, la generación masiva de dinero, los *bitcoins*, todo lo que huela a poder entre ellas, el mismo negocio de la gente por sí. Tenerte controlado es controlar el mundo y ¿Perlita y Lupita qué? Hay una realidad que viven miles a diario, los adultos llenos de problemas y los jóvenes exponenciando riesgos, la falta de seguridad, la falta del acceso a la educación que pudiera en un momento ser la diferencia para un desarrollo económico más fuerte que no existe. A contraparte, el fácil acceso a fuentes de empleos mal pagados, escudadas en el hecho de que el que debe de ganar es el empresario inversionista porque son los que arriesgan sus capitales, mientras que los pilares de sus fortunas se confunden y ahogan en la vorágine del sistema. ¿Cuándo entenderán que brindar un bienestar más sólido, un bien social efectivo, un sistema de salud universal que desaparezca al milagro del paracetamol, se reflejará en una mayor productividad que beneficiaría a todos? Sin embargo, ahí en las colonias de Infonavit, donde día a día estos problemas crecen con rapidez, como monstruos alargando sus tentáculos cada vez mayores, ahí es donde se diluyen inútilmente las tristes realidades.

Angélica no era ajena a estas situaciones. Ella sabía muy bien que el caso de Perlita y Lupita también le pudo haber pasado a ella y a cualquiera que estuviera involucrado en esta actividad. Fue inevitable sentir temor por su vida. Ya en alguna ocasión había presentido algo parecido al salir con extraños, tomar en demasía con sus tintes de droga, amanecer en una quinta o cabaña entre la sierra, con sus pantalones bajados hasta la rodilla y en cuclillas, hablándole a un árbol del que se sostenía, contándole sus penas y la falta de cariño que todos sienten. Eso no estaba bien, así pudo ser una cabaña, así pudo ser un sitio a 800 kilómetros, así pudo ser viva, así pudo ser muerta, así pudo ser una de las de "Ni una más", simplemente desaparecida. Afortunadamente a ella no le había pasado, y ahora lo que tenía enfrente era una oportunidad, tal vez aún le faltaban propósitos por realizar y que no debería de dejar pasar.

Tardes de soledad o falta de verdadera compañía. El arrepentimiento tal vez, la falta del apapacho paterno y materno, de los hermanos, de los primos y de la abuela; un distanciamiento del afecto provocado por ella misma. Pensar que tal vez ya estaba en el límite del todo, como cuando te da en la cara el pastel de chocolate (sobre todo el de Matilda, wácala); saber que existen las calles vacías y las plazas, sobre todo los domingos por la tarde; ser indiferente a los globos de colores inflados de neón, los conos de nieve derritiéndose en las manos de los niños, los listones de colores en las trenzas de las niñas, los algodones de azúcar de un mismo sabor, pero de diferentes de colores. Hueco y hastío, sin libros que leer, películas sin lógico final, sobre todo cuando triunfa la maldad. Las alitas o los *boneless* desabridos, ya ni una cerveza XXXX la pudo levantar. Oscuridad de día, reflexión nocturna lunar, pensando qué hacía ahí, rodeada de una nada.

Angélica se enteró de un hecho ocurrido en su comunidad: el asesinato de una jovencita conocida por ella. De madrugada, Angélica se revolvía entre sus sábanas ahora grises, sudaba copiosamente en el trance de su sueño con sabor a pesadilla; se veía a sí misma en un día de fiesta popular, la plaza, los puestos de fritangas, los troles y los algodones de azúcar combinando con los arreglos multicolores de papel de china colgados de poste a poste. Junto con sus amigas vistiendo sus mejores galas y su mejor lápiz labial, las pestañas rizadas, el rubor en las mejillas. Los vestidos brillosos y entallados resaltando las curvas de sus caderas, lo corto de los mismos mostrando generosamente muslo, rodilla y pierna; al fin y al cabo, era una fiesta, la emotividad, el momento, la curiosidad, el atrevimiento, la edad la juventud, el paso de niña jugando a ser mujer, haciendo a un lado los consejos aburridos. Se veía en esa niña encarnada como ella misma jamás se vio, como cuando los actores se meten en el papel que les asignan y se lo creen para sentirse como tal, ahora Angélica era esa niña inocente, con la curiosidad de experimentar y encajar en la sociedad en el sentido de que si sus amigas tenían novio ella también, de ser parte de un grupo en el que si ellas tienen amigos, yo también; confiar en las personas sin conocerlas bien, inocente a su corta edad; incógnitas o preguntas contradictorias de "¿Por qué a esas horas andas en la calle?" Y una respuesta firme: "Tengo derecho a divertirme, a conocer, a aprender" La acompañaba su hermana; ambas habían percibido la presencia de una camioneta dando vueltas por las calles; de repente, justo al dejar la plaza, la camioneta detuvo su marcha y ella estaba siendo levantada por unos tipos, alcanzó a identificar a algunos de ellos eran tres en total, con su boca reprimida sin poder gritar, al parar se dio cuenta que estaban en un panteón, lápidas y cruces, flores marchitadas y empolvadas; acostada sobre una lápida sintió que le sacaban las ropas, luego ser violentada y violada, luego ardor de heridas, dejó de forcejear, debilidad, desmayo. Logró zafarse en su espíritu y se vio tirada en una brecha pidiendo auxilio, con varias heridas en el cuerpo y en el cuello. Cuando recibió ayuda aún pudo balbucear el nombre de un agresor; luego, la policía, las investigaciones sin resultados, la impunidad. Tembló de rabia, abrió los ojos asustada y bañada en sudor, sentada al borde de la cama; pensó "Inhumano, inexplicable lo que pasó en la pesadilla pensando que con mucha impotencia este tipo de delitos se sigan sucediendo". Las incógnitas revoloteaban en su mente como los zopilotes sobre la carroña: la educación de los padres, la falta de valores, el acceso a las drogas, sensaciones precoces, inquietudes, valor universitario, no medir consecuencias, la sociedad y todos los factores que influyen para que ésta esté como está. Inconscientemente ya se encontraba inmersa en ese miedo que le crecía como hiedra enredándose alrededor de su cuerpo, pero sobre todo invadiendo su mente. ¿Pedí ser mujer, tengo suerte de serlo, o tengo la desgracia de serlo, por qué el género nos diferencia, nos pone en desventaja, nos arroja al abismo del abuso y el de ser inferior? Dan miedo las percepciones.

Ahora se ve con toga y birrete de color negro, recibiendo el preciado y costoso título de licenciatura; su sonrisa fingida, el alma destrozada y el papiro entre sus manos, constancia de sus estudios concluidos, triste trofeo mudo o ciego. Nunca supo ni cómo ni por qué terminó en sus manos. Toda la etapa universitaria era un vago recuerdo del que no conservaba ni siquiera un solo momento, triste, alegre o amargo. Pero aquí estaba al fin. Las despedidas, las heridas, los "Hasta luego", los "Hasta nunca" Abrir la puerta de su cuarto una vez más, pensando qué demonios hacía ahí. No hay cambio ni respuesta.

El sonido del teléfono la despierta y su mente construye lo que dirá la llamada: "¿Estás disponible este día?". Indiferencia, muina, no contesta, la insistencia todo el día: bajan los momios, se pierde su "diamant score"; amonestaciones, menos recursos, menos fiestas de glamour; va adueñándose de su rincón oscuro, sentada en cuclillas apretando nudillos, párpados y puños; su pelo desaliñado, sin rumbo, ya no es cabello, ahora dice llamarse greñas. Ya no le interesa ni la plancha ni el *shampoo*, mucho menos el acondicionador ni los revitalizantes de L'Oreal. Se levanta, se mira en el espejo y se pregunta si ésa de ahí es ella. Esas ojeras no estaban ni tampoco estaban las pestañas postizas, ni el rímel ni las cejas delineadas ni la depilación de los bigotes. ¿Qué pasa?, ¿dónde está Angélica? Tal vez se ha ido, tal vez habrá que seguirla. "No la puedo dejar sola ni de broma, ya las crudas me hartaron, ya el pericazo perdió sabor y efecto; es como tomarte unos tequilas o unas chelas bien heladas con Clamato, en una tarde ardiendo de verano, pero sin motivo alguno aparte de "el calor" para beberlas. Así se acaban las perlas de la virgen y las de las pulseras".

Para colmo de sus males llueve sobre mojado; la depre al cien. Pensaba en sus hermanas, tomando de ejemplo a una de ellas, a la mediana, quien ejercía la profesión de Psicóloga Industrial y como jefa del Departamento de Recursos Humanos de una prominente empresa de alto poder económico en la ciudad, una de ésas que se manejan en los inmensos parques industriales con 1,200 empleados que atender. Estaba casada con un médico cirujano al que no le iba nada mal, con sus tres hijos que veían, aunque fuera el sábado por la tarde y el domingo. Luego entonces pensó Angélica: "¿Qué hice? Sé que palo dado, ni Dios lo quita, lo bailado, bailado; tenía mis experiencias enriquecedoras y las más deprimentes también, pero ahí está viva, al fondo de la piscina, tomando impulso para salir a flote".

Poco a poco entiende que las necesidades fantasmas, irreales, pueden no ser necesarias, sí son difíciles las noches de insomnio y las noches de sudor pueden ser desesperantes, por lo que Angélica decide tomar la decisión de apelar, como en el amor, al tiempo y la distancia, sí, huir, buscando otros horizontes, otras historias inciertas y buscando un no sé qué. Hacer las maletas bajo estas condiciones es una de los momentos más tristes y estresantes. ¿Cómo levantar la cara si el cabizbajo te domina? Cada prenda arrastrando recuerdos: las tangas, pijamas, las blusas transparentes, los top, las minifaldas y las calcetas de invierno, tanto que dejar en una bolsa negra de basura, sí que pesa.

IX.
LA OTRA SEMILLA

En seguida, el boleto, aparentemente sólo de ida; buscar tu asiento, el inicio del viaje, contemplar por la ventana tanto paisaje y tanta indiferencia. Tenía que hacerse a la idea y prepararse psicológicamente para el escenario de su llegada: los sobrinos abrazándole por las piernas, los hermanos unos felices y otros indiferentes a la vez; su madre, preparando sus lágrimas y calentando el amor entre sus brazos; su padre con su sarcástica sonrisa, diciendo en silencio: "Tenías que volver", aunque por dentro no podía ocultar la felicidad de verla de regreso.

El primer día todo bien, mucha plática y sonrisas, pero, cuando el muerto empieza a apestar empiezan los comentarios: "¿No piensas trabajar?", ¿qué vas a hacer? Si quieres acondicionamos un cuartito y empiezas a vender bollos, raspados y gelatinas". ¡Queeeeeeeeé! ¿Acaso para eso estudié? Pensó Angélica, perfecta estocada a su orgullo, aunque sí, ellos tenían razón, hay que moverse y no caer en el ostracismo, no, afuera, allá, está el camino.

La segunda semilla la llevó a otro plano o nivel, o nivel plano, no se sabe; lo que sí entendió es que no hay error que no se traduzca en ganancia, el aprendizaje, la lección, la experiencia, el *expertise*, el dominio del control. Aprender a ver el bosque haciendo a un lado el árbol que te estorba, que te ciega y no deja ver más que esa corteza por lo general fría, dura, sin opción. La palabra error no existe. Dejarse engañar por las consecuencias de un mal resultado, no conduce a buen puerto; ante la marea se pierde la luz del faro y te dejas envolver por la oscuridad y la falta de un piso seguro. Algunas veces puedes encontrar quien te lance un salvavidas, una cuerda, una tablita, pero a veces no hay, y es donde la respuesta ante la adversidad explota. La última tablita está dentro de ti, siempre ha estado ahí esperando pacientemente la interacción de situaciones para salir del clóset. Ahí empezó su sorpresa, de qué sirvió si alguien ya le había dicho: "Hey, Angélica, tú vales, eres única e irrepetible, no te subestimes, párate frente al espejo desnuda y repite: ¡Qué viejarrón, Dios se pasó contigo!" Checa cuántas chicas no poseen ese don; eres inteligente y tienes en tu interior una chispa. ¿Dónde jijos están los ciegos que no te miran? De seguro su ceguera se pierde en tus ojitos saltones y no en la luz de tu alma". No entenderlo la llevó a vivirlo, a darle su valor y realmente aprovechar ese beneficio.

A pesar de traer la cartera llena, se dio cuenta de algo: las relaciones no vuelven a ser las mismas nunca; el concepto de un "juntos para siempre" se desvanece, se encuera la mentira de repente, como cuando se cae un velo de la cara y deja al descubierto verdades que creías no poder destapar jamás. Se enamoró, pero pudo más su pasado que su amor, fue algo muy fuerte. Además, le pegó en el hígado el ver qué aún también con ese "amor" le dio a entender que los hombres no aman el corazón sino a la *wuagua*. Le quedó muy claro que todas las estrellas que te ofrecen, los ositos de peluche, los chocolates, los versos, las flores y frases de amor van tras la *wuagua*. Ya con el trofeo obtenido, para los hombres los hijos, la costumbre, el hastío, la rutina, el conformismo, la necesidad, ya son otra historia. A partir de aquí, también le entró la frialdad en los sentimientos; llegó a cuestionar un abrazo inclusive de sus familiares y adoptar la frase "Chingue su madre el amor, mientras la pasión me dure" como un estandarte o lema para que nadie le lastimara más. También se cuestionó qué es más verdadero: si tener sexo por dinero o tener sexo por amor fingido. Eso es muy fuerte, ojalá no lo vivan.

Admitió en esta etapa semifinal que sus novios o parejas en los que buscaba esa luz de estabilidad y confianza, eran de mayor edad que ella; a ella sí le quedó lo de "a mí me gustan mayores", pero de la lista sólo hubo uno que le hizo entender esa frase que dice: "Enamorado de la persona correcta en el tiempo equivocado".

Esta persona era aproximadamente 17 años mayor que ella y con él la verdad tuvo la relación formal más larga (4 años): hubo química, los gustos, las motos, los caballos, el jaripeo, las botas, la cuera, el tequila, las cervezas "Indio", y a pesar de verse a diario, la misma historia: hubo problemas como todas las parejas, e ir arrastrando problema tras problema; se llegó a la ruptura, el adiós, al pozo y al calabozo existencial.

La historia de Angélica, como ven, fue muy compleja, con muchas aristas: el deseo de superación de ser alguien con estudio, con una profesión, la mejora de vida, la estabilidad económica y sentimental. El sueño guajiro tuvo un costo muy fuerte en su vida. Los lobos existen, ahí están esperando con su piel de oveja para llevar a quien se deje al degolladero de manera sutil y amable. Hay estrategia, plan con maña; es tan grande su antifaz que hasta llega un momento en el que se creen superhéroes. Los trofeos se los dedican a ellos y ellos les hacen fiesta pagana, mientras ellas se quedan hinchadas con su ego y la vanidad por los cielos. Cuando despiertan tiradas en algún lugar, semidesnudas, platicándole a un árbol sus tragedias y sus hazañas, deberían de empezar a distinguir su realidad y agradecer estar así después de recuperar gradualmente les cordura, ya que al menos no se terminó muerta como le ha pasado a tantas mujeres que se han dejado cegar por los espejitos brillantes, y al final ya no hubo luz que les volviera la vida. No es necesario que insista en decirles el dolor y frustración de sus familiares; ellos también sueñan con el mismo sueño, más nunca imaginan el costo verdadero de un sueño mal atendido, mal dirigido, mal concluido.

X.
LA VERDADERA VERDAD

Angélica tiene algo que decir, para ver si algunas chicas pudieran tener oído: "Nuestro trajinar nos pondrá ahí, en el borde del precipicio, haciendo malabares circenses, con una venda negra plantada sobre nuestros ojos. Entre los 18 y los 30 años, nuestra vida se vuelve un mar de dudas, apenas resuelves una y ya hay tres más, y lo más grave es tratar de resolverlas solas. En ese punto es fundamental buscar opiniones de terceros, y digo opiniones porque es tanto igual de peligroso tomar sólo una; imagínate que un doctor te dice: "Tienes cáncer, yo te protegeré y te pondré bien". Sí, hay personas que aconsejan a su conveniencia, hay que tener mucho cuidado e ir por otra u otras opiniones o consejos. Piérdanle el miedo a los padres, a los hermanos, tíos y abuelos, para ellos siempre seremos eso: hijos, hermanos, sobrinos, nietos e igual te pueden dar la espalda, pero al menos conocerás con quién puedes contar y con quién ni a las canicas. En fin, tampoco dejemos de ser quienes somos. Una vida sin problemas, sin dolor, sin sueños, sin pasión, sin amor ni sabor, sin deseo, sin probar lo prohibido, así se trate de un pay de queso o un pastel embetunado, ¿Para qué carajos nos sirve? Nunca olvides, mujer, eres el ser supremo, único que puede dar vida humana, semilla mágica, perpetuidad; nunca pierdas tu instinto, aunque sea tóxico, aunque sea inseguro o con baja autoestima, porque si fue plantada esa semilla, primero, florecerá. O segundo, se marchitará, todo depende del cuidado que le des y de cuánto te quieres, estimas y valoras tú misma".

"Vivir es un privilegio, así como tener la oportunidad de contar esta historia es sin duda un gran logro; hasta ahora que estoy fuera tiemblo de pensar si hubiera sido diferente. Ya lo pasado, pasado, ya lo bailado, bailado, sirva esto para sacarle la vuelta al parche y evitar que otras caigan en el error de no sacarle la vuelta".

Angélica vive en alguna ciudad del norte de México, trabaja en una empresa maquiladora, es respetada por su trabajo, su honestidad y la manera de compartir sus valores. Aún no tiene hijos, aún permanece soltera, aún permanece en la espera.

XI.
EL ABONO

Algunas personas cercanas y estimadas que conocen la historia y al personaje, que viven sufren y se inquietan por las cosas que no dejan de pasar, alaban el valor de contar una historia. Estos son sus testimonios sobre la narración que tú, amigo lector, apreciarás por su valor de ser contada.

1.- La suerte de nacer mujer nadie la dicta, el respeto y la admiración debe de ser nuestra, a este ser tan querido que sin saber es pilar de la vida. Ella y el sexo son regalos de Dios que debemos de valorar y disfrutar sin aberraciones. (MAR)

2.- Sobre todo, cuando se trata de compartir y contribuir a que las cosas indeseables no sucedan. Sus comentarios e idearios: por la lealtad y por él respeto, eso lo es todo para mí, sobre una mujer y la educación. (EC)

3.- Primero que nada, reconocer que se está pasando por una situación violenta, y buscar ayuda al primer foco rojo; que no se quede callada, que lo platiqué con alguien y que busque la manera de salir de esa situación, aunque al principio se vea como un callejón cerrado, siempre habrá una puerta que te salva y después de la tormenta viene la calma. No aferrarse o acostumbrarse a tal situación, al contrario, buscar siempre ayuda en amigos, familia o profesionales; siempre hay alguien que te escucha y te ayudará a salir adelante. (M.S)

4.- Cuando la sangre de una mujer maltratada es derramada sobre la tierra, la herida afecta a cada uno de los habitantes que estamos sobre ella. (M.V)

5.- Hoy quiero dirigirme a ti con un profundo sentido de admiración y respeto por la fortaleza y la valentía que has demostrado a lo largo de tu vida. A pesar de haber experimentado el maltrato, has encontrado la fuerza interna para salir adelante y escribir una nueva historia llena de empoderamiento y amor propio. (K.B.)

6.-Tu capacidad de enfrentar y superar situaciones tan dolorosas es un testimonio de tu determinación y resiliencia inquebrantables. Has demostrado al mundo que, aunque el maltrato pueda intentar sofocar tu voz y tu espíritu, tú has elegido alzarte y reclamar tu libertad. (A.J)

Made in the USA
Columbia, SC
23 February 2024